신남이 제3시집

미치지 않고는 사랑할 수 없는

한누리미디어

국립중앙도서관 출판시도서목록(CIP)

미치지 않고는 사랑할 수 없는 : 신남이 제3시집 / 지은이: 신남
이. -- 서울 : 한누리미디어, 2015
    p. ;   cm

ISBN 978-89-7969-495-6 03810 : ₩9000

한국 현대시[韓國現代詩]

811.7-KDC5
895.715-DDC21   CIP2014038217

시집을 엮으며

옷깃에 묻은 바람을 털어내고 그 바람 속
그리움까지 잘 닦아낸다
우린 상류로 돌아가지 못하는 강물이었음을
오래도록 깨닫지 못한 채

천 년 전에 한 시인이 살았노라고
천 년 후에 그 누군가가 나의 글을 기억해 주기나 할까
누가 등 떠미는 것도 아닌데 그저
펜만 잡으면 시가 되었노라고—

천 년이라는 단어를 좋아한다
신라 천 년의 세월까지 뒤덮으면
전설 같은 그리움이 다시 깨어날까
천 년 후에도 세상에 남을
그런 시가 되었으면……
내가 사랑하는 사람들과
나를 기억하는 사람들과
나의 시를 사랑하는 사람들에게—

2015. 1.

신 남 이

차례 Contents

제2부 연습 中이다

9

차례 Contents

제3부 나의 기도

10

제4부 미치지 않고는 사랑할 수 없는

11

차례 Contents

제 5 부 마음의 상처를 꿰매다

제1부
아버지의 노을

아버지의 노을

할머니는 시렁 위에 집채 만한 곶감을 올려 놓으시고
아버지는 코가 삐뚤어지도록 소주에 막걸리를 타
속을 불 지르시고 펴지 못한 등허리 두 다리
균형감각을 잃어 자지러지는데 꽃이 꽃 속에 숨어
벌거벗은 하늘을 다듬고 있는 핏빛 바다에
또 한 번 취해 아 빛이 도는구나 핏기가 도는구나
이제사 내 얼굴에도 참말로 기막히네
이쁘게 박힌 솜털이 빨갛게 빠알갛게 녹는구나
온몸에 피멍들어 주문처럼 쏟아지는 빛을
빠져 나온 한 무리의 거대한 포구浦口
거의 탈진 상태다 너무나 황홀하여 미치게
황홀하여 차마 쳐다볼 수 없어 자꾸 처지는
눈꺼풀 마지막 해거름이 키재기를 할 때까지
아버지의 우울은 가지 끝에 매달려 때늦은
바람을 걸쳐 입었다

화산花山

불이야 불이야
폭발한 화산에서 용암이 흘러내린다
엇나간 그리움이
뼈까지 녹이며
4월은 가슴을 치며 타 들어간다
심장을 박은 꽃들이
길바닥에 까맣게 문드러질 때까지
흐흐흐 웃음을 흘리고 있다
너에게만 웃음을 팔고 싶었는데
소문은 참 멀리도 흘러갔구나
내 속에 잠든 너를 깨우고
담장 너머 사부랑 삽작
바람이 된 꽃이여
너를 밟지도 못하고
기다리지도 못하고

*사부랑 삽작 : 쉽사리 살짝 뛰어 건너거나 올라서는 모양

지하철 역에서

시대의 유물이
生의 반대편으로 떠나고
일순간이지만
방청객도 없는 텅 빈 무대
나를 감싼 불빛이
어떤 예감으로 다가오듯
희미하다
늘 바쁘게 떠밀려 왔다
한꺼번에 빠른 걸음으로 유유히 사라져가는
태어나 단 한 번도 보지 못했던 얼굴들
기를 쓰고 어디로들 떠나가는 것일까
이쪽 저쪽에서
처음으로 스쳐가는 많은 사건들이
불꽃도 없이
지하에서 지상으로 연결되고
목적지는 늘 주문받지 않아도
시계바늘처럼 꽂혀
처음으로 되돌아가겠지
갈 곳을 잃어
동상처럼 서서 제자리 다지지만

16

또 한 대의 유물이
엉킨 생각들 가르며
서서히 삶 속으로 나를 밀어낸다

아침, 탄천에서

잘 다림질된 물 표면
생명을 건 모험이
상류로 솟구치고

세상은
하늘과 물, 소리뿐이다
물소리는 엉켜서
자동차의 소음을 밀어내고

바람은
은비늘 고기의 먹이가 된다

작은 섬의 수풀들
키 자라기를 할 때
백로는 곳곳에 아침 그물을 던지지

세상 다 비추고도 남은 햇빛
내 등허리에
바짝 붙어 있고
때론 바람이

18

벌떼처럼 몰려와
잎마다 부끄러움이 털릴 때도 있지

속내를 흐르는 찌꺼기
저 물살 따라 가 버리고
끊임없이 새로운 얼굴들
물이라는 이름으로
다시 손을 잡는다

오후 네시의 꽃

햇살이 잠시 흔들리더니
선인장, 도드라진 가시 하나 품었네
네가 가고 서둘러 땜질한 자국들
다정한 눈인사에 심장이 찔릴까
꼭꼭 숨어있는 단 하나의 꽃
개펄의 울림보다 깊이 있는
악보의 한 대목이 첼로를 켜고
바흐가 다녀간 나의 꽃밭
누운 등 뒤로
따사로운 햇살 한 조각이 망을 본다
숨조차 멎은 오후 네시 그리고

어느 봄날, 나는 꽃이다

늦바람이다
적군의 진영에서
나는 풀일까 꽃일까
풀인 채로 풀죽어 살다가
이제 꽃이 되려 한다
자꾸 미안해서
움츠러든 어깨가
신들린 듯 꽃이 되고
늦가을에 피지 못한
내 사랑이
죽은 꽃잎들 사이
단비가 되려 한다
나는 너의 꽃이므로

다시 길을 열다

밭이랑이 새벽으로 가고 있습니다
뚜벅뚜벅
걷는 소리가 구두 밑창에 깔립니다
새벽은 몇 겹 잘 엉킨 안개입니다
이내 풀어야 할지 말아야 할지
들판이 막걸리 생각으로 간절합니다
어디가 허방인지 잠깐동안 날개에 녹이 습니다
수줍은 씨앗들을 위한 특별 배려입니다
시간이 연결된 관절마다 떼지 못한 부스러기들
털어내도
온 동네엔 취기가 돕니다
누군가 잠시 때를 기다리라 명합니다
꼭대기 반쯤은 낯선 장소로 날아가고
길은 두 눈을 빠져 나와
다시 길을 열고 있습니다

외계인은 지금 심심하다

나, 지구상의 육천 가지가 넘는 언어들을
해독하느라 진이 다
빠질 지경이었지
오늘은 이 얼굴 내일은 저 얼굴의 인간을
만났어 단지 색깔이 다를 뿐 생김새는
비슷비슷해 별 걱정 안 했더니 아뿔싸
이거 말이 안 통하더라 한 가지 언어를 해독해 오면
다른 인간이 잡히고 이 작은 지구에
수 천의 언어들이 날아다니고 있어 골이 터질 지경이었어
그런데 좋은 소식이 들려오더라고
팔짱만 낀 채 기다리고 있어도 되겠어
이 종족 저 종족 할 것 없이
영어가 모국어가 되고 있으니
우리가 원하는 대로 되고 있잖아
그렇다고 지구상의 영어화
우리 외계인이 시킨 짓 아냐

NO. CR2032와의 관계

죽은 내가 벌떡 일어나
살아 움직이네요
외계인의 암호 같은
NO. CR2032를 투입시켰더니
아아아 한 번에 많은 숫자가 올라갑니다
이건 나만 알아야 할 비밀이겠죠
종일 아라비아 숫자만
먹었다 토했다 질릴 법도 한데
3V짜리 리튬건전지 하나에
기운이 팔팔 납니다
당신의 몸무게까지 쭉쭉 올리고 싶으니
어떡하면 좋습니까
나를 밟고 올라서는 모든 것들
용서합니다
며칠 동안 사라진 기억들이
당신이 잊고 싶었던 과거입니까
기억하고 싶지만
생각이 나질 않습니다
지금 당신의 따뜻한 체온만 느낄 뿐입니다
나는 체중계입니다

24

어찌하라고

달빛을 안고 싶다
머리 끝까지 차오른 달
유년을 훤히 꿰뚫어보던 그 속에서
나는 밤새 길을 잃었다
터질 듯 부푼 허공에서 타다닥
불꽃이 일고
무방비 태세로 빠져 나간 기억들은
또 무엇으로 채워지고 있을까
더 이상 잊지 말자고
달을 동이다
묶인 달 속에서 출렁거리는
그리운 얼굴들
어쩌라고
날더러 어찌하라고

노을에 물들다

자전거 바퀴가 노을에 빠져 있다
집으로 돌아가지 못한 자전거 한 대
꼼짝없이 물들어
그림 같다
좀 전의 외로움도 잠시 날아가고
바퀴살 하나에도 다닥다닥 붙은 붉은 노을
세상에 물들지 못한 것은 무엇인가

나도 저 그림 안에 섰다
봉숭아 꽃물 들인 손톱처럼
내가 물들어 간다

산수유의 꿈

산천에 노란 산수유는 꿈을 꿉니다
눈 감고도 훤한 몸치장
한 번쯤은 다른 빛깔로 태어나고 싶다고
해마다 떼를 써 봅니다
진달래 분홍저고리 바꿔 입고
팔랑팔랑 그대에게로 갑니다
주위를 감싸던 유전자가 사라지고
족쇄처럼 따라다니던 족보를 내던집니다
평생 그림자도 못 밟았을 모양도 색도 다른 진달래
진달래
액자 속에 갇힌 꽃들과
기막힌 사랑을 합니다
오늘 밤 어쩌면 진달래도
노란 산수유 꿈을 꾸고 있겠지요

허수아비

나는 꽃이니 네게로 갈 수 없어
나는 꽃이니 네게로 갈 수 없어

끝없는 주문을 외운다

머릿속의 뇌가 텅텅 비어
내가 꽃이었다는 사실을 잊을 때까지
논배미에 홀로 서서
너를 기다린다

긴 모가지로
성난 바람을 사정없이 흔들며
생각을 고이 접은
절름발이 내 인생이
찢기고 피투성이 되어도
너를 피해 갈 방법을 배우지 못했다

지금도 나는 꽃이니
훨훨 날 수가 없어
종이비행기나 될까

28

폭포를 타다

잔뜩 겁먹은 얼굴로 줄을 섭니다
끼어들기가 특기인 용감한 이웃 하나 앞지르기를 하고
어느 누구도 말이 없습니다
내 차례가 아닌 것도 같은데
누군가 뒤에서 급하게 밀칩니다
얼떨결에 안전벨트도 없이
일생에 단 한 번뿐일지 모를 곡예를
고개를 떨군 채로였습니다
우아하지 못한 비상飛翔입니다
부끄러운 파편들은 몸이 닿지 않는 바위마다
착 달라붙고
(처음엔 다 그래)
지켜보던 햇빛이 내 몸에서 출렁거립니다

좌판

몽당연필처럼 슬프다

좌판의 몽땅 이천원

할매의 굽은 등
소금 절인 배추처럼
햇살은 켜켜로 쌓이고

단내 가득한
과일 바구니는
파리까지 덤으로 흥정 중이다

접은 지 오랫동안
펴지 못한 가슴
대형 파라솔로 곧게 펄럭이고

보도블록
닳아빠진 앉은뱅이 의자
앉거나 서 있거나 고만고만한 그 자리

깃털처럼 가벼워진 세월을 지고
몽땅 이천원
해진 호주머니 속 그리움으로 눌러

신발에 튀어 오른 구멍난 햇살까지 걷어
파장을 서두른다

아직 살아있구나

아직 살아있구나
굳은살 박힌 발바닥에 피가 돌기 시작
양지에서 음지로
줄 맞춰 터뜨리는 계절 인사가 숙련공답다
저, 여기 있어요
이름없는 잡초들의 낮은 반란
폐부 깊숙한 곳에 밀어놓은 바람떼
널브러진 옷가지며 시들은 나무 등걸에
다듬이질한다
망나니의 칼날 같은
빛 부신 하루 아침이 쏟아지고
생명 있는 세상의 모든 것들 꿈틀거린다
한 줄 나의 시도 살아있다

나무의 무게

나무가 명언을 읽는다
어깨 너머로도
깨우치지 못한 한글을
다 늙어버린
겨울 날
개목걸이 같은
명언을 목에 두르고
띄엄띄엄 글을 읽는다
도로 위 소음과 먼지에도 굴하지 않고
좀 더 우아하게
품위 있게
목에 박힌 가시를 뽑아내듯
잔기침을 털어낸다
참새들아
너희들은 알고 있는겨
내 몸 어디선가
빛나는 거 뭐드라
거시기라고 써 있는디

미치지 않고는
사랑할 수 없는

달빛이 들어오다

달빛이 새고 있다
어두컴컴한 터널을 지나
바쁘게 떠나온 일상들이
내 팔뚝에 풍경으로 부서지고 있다
가 보지 못한 낯선, 별의 모습일까
비밀의 그림자 하나 둘 집을 짓는다
꿈은 보이지 않는 선 따라 이동하고
달빛은 여전히 가슴으로 새고 있다
곳곳에
불이 사라진 후에

제2부
연습 中이다

연습 中이다

연습 중이다
무대 위의 배우처럼
한동안 너를 잊어보려 한다
그러다가 아예 너를 잊는다
가슴 한 켠에 꼭 닫힌 너
우린 서로를 잊고 있다
몇 천 년이 흐르고 있을까
우리가 세상에서 사라진 시간
사랑이란 이름으로 타인이 된 흔적들
몇 만 년이 흘렀을까
화석에 박힌
그 사랑은 아직 존재하기나 하는 걸까
무대 위엔 계절이 지나고
여전히 나는 이별 연습 중이다

봄바람

고통을 이고 지고
그것도 모자라 뼛속 깊이 쑤셔박은 채
미친 듯 봄바람 난 하늘

그리운 것들

엄마, 초가지붕 고드름 함박눈 고무줄놀이 골목길
달밤 아이들 소리 사철나무 해당화
엄마 보고 싶어요
어린 시절 함께 떠오르는
엄마, 팥죽 평상 모깃불 귀뚜라미 쑥떡
짧은 겨울 해 감나무 감꽃 홍순이네 원두막
마중물 만나야 속을 토해내는 펌프물
마루 끝에서 빛나던 여름 하늘
그 시절 우리는 어디에서 찾을까요
피 흘리며 눈물 흘리며
더디게 흘러갔던 지난 시간들
몇 십 년 건너 뛰어
한 번에 뚝딱 채널은 돌아가고
길 위에 버려진 채
오도 가도 못하는 그리움, 그리운 것들
도깨비 이야기에 묻혀 오싹하던
그 밤으로
엄마, 언제쯤 갈 수 있는 거죠
맨발로 달려나와 반길 것 같은 그 골목길
양철대문 안에

38

살아갈 이유

이승에서 못다한 사랑
저 세상에서 꼭 이루자고,
살아갈 이유가 하나 생겼네
그 기다림이 행복이라는
말도 안 되는 모순 속에
너와 나를 가둔 채
그래도 우린 꿈을 꾸네
다음 세상에서 하나가 되는 꿈

타인

잊으려 애쓰지 않아도 기억은 세월에 섞여
조금씩 낡아가는 걸 뭔가 잊어야 한다고
굳이 잊어버려야 한다고 터질 듯한 압력기에
구멍을 뚫고 있다 오래 된 전설처럼 늘
마음 속에 숨어 있지만 그래도 타인인 것을
빈 껍데기만 남아 바스라져도 다가설 수 없는
우리 사이 숫구치는 갈망은 이제 내게서
멀리 떠나버리길 아무 생각조차 말자고
오늘도 펄펄 뛰는 기억 죽이기

내 그리움이 뭐 그리 대수라고

내 그리움이 뭐 그리 대수라고
맨발로 건너오십니까
바람은 시퍼렇게 날이 서고
저녁은 분주히 어둠을 쌓는데
당신의 시린 발이 적군의 우두머리처럼
빛이 납니다
어디서 이렇게 사뿐히 날아온 건가요
반평생을 깨금발로 동동거리다
부르튼 육신,
마지막 고압선을 연결해 봅니다
불길에 심장이 까맣게 타다 죽을지언정
벽을 뚫는 그리움일랑 묻어두고 오시지
또 남은 평생이
그리움이 될 걸
내 그리움이 뭐 그리 대수라고
맨발로 건너오십니까

41

거울

나 지금 당신을 사랑한다고 말하지 않겠습니다
나 지금 당신을 보고 싶다고 말하지 않겠습니다
나 지금 가을 쓸쓸함을 닮았다는 말
하지 않겠습니다
아, 하지만
오래 전 가슴에 묻었던
당신을 꺼냅니다
하루종일 비가 내리다
화산처럼 뜨겁게 타오르다
세상 모든 사람들이
운명의 질긴 끈처럼 당신 빛으로 채색될 때
나는 당신 뒤에 서 있습니다
너무 훌쩍 커 버린 여자 아이
깔깔대며 웃던 소녀 되어
가면을 벗습니다
오랜 최면에서 벗어납니다

42

새

새 한 마리 웁니다
어린 아이처럼 누군가 보고 싶다고
내 창가에서 웁니다
나를 찾는 애타는 목소리가 들리지만
모른 척
두 귀를 막습니다
세상의 아무 소리도 들리지 않습니다
다만 그의 슬픈 날갯짓이
두 눈에 가득 찹니다
그것마저 차마 볼 수 없어
두 눈을 감아 버립니다
세상의 모든 것이 보이지 않습니다
가만가만
닫힌 세상 속에
그의 비밀의 꽃밭이 보입니다
아, 꽃밭에 앉아
아직도 울고 있는
새 한 마리

우산

빗방울이 우르르 달려들어 우산을 덮칩니다
우산은 나와 빗방울의 관계를 차단합니다
통. 통.
때로는 저항도 없이 살들이 튕겨 나갑니다
그래도 잘린 뿌리는 뿌리끼리 섞여 하나로 있습니다
죽어서도 다시 하나가 되나 봅니다
하지만 당신은 당신의 어딘가에 스며들어
오랫동안 보이지 않습니다
빗방울이 온전한 제 한 몸을 꿈꾸듯
내가 꿈꾸는 하나는 어디로 스며들었을까요

44

그리고 그리움

옷가지를 챙긴다
빗속에 빠뜨린
미처 챙기지 못한 그리움까지
낡은 가방 안에 쑤셔 넣는다

네 영혼을 사랑해
이 한 마디가
마지막 울림 되어
이렇듯 질긴 인연의 끈이 될 줄이야

과거와 현재
그리고 끝도 없을
그리움의 대상인 당신

어느 길에 서 있는지
어디만큼 오고 있는지
흐린 눈을 비벼가며

당신이 남기고 간
장대비 같은 그리움을 챙긴다

낙엽

천 년 전에
우리가 서로 만났다 한들
웃으며 보내줄 수 있었을까요

연인의 이름으로

많은 연인들이 숨죽여 울고 있다
사랑해요, 말도 못하고
혼자만 애틋한 사랑을 할 거라고
나 외에 슬픈 연인은 없을 거라고

사랑을 반납한 채
뻥 뚫린 가슴으로 사는 사람들
이제야 그런 연인들이 보인다
그들은 어떤 기억으로 살아가고 있을까

잊으려 해도 잊혀지지 않는 이름
잊을 수 없어 기억해 낸 이름

사랑을 떠나보낸 연인들이여
그 사람의 이름을 목놓아 부르고 있는가

울엄마

엄마 목소리가 들리지 않아요
어디만큼 날아오다 붙잡혔나요
너무 낮게 부르지 마세요
고요 속에서도 들을 수가 없어요
긴긴 날 긴긴 날
귓전을 맴돌던 당신의 음성
어디로 사라졌나요
꿈을 꾸다 꿈속을 헤매이다
또 어떤 꿈속으로 날아가
꿈결인 듯 다시 오지 않나요
혀가 굳어간다던 그 목소리가
마지막이었나요
다음에 통화하자더니
어디로 연락해야 하나요

48

액자 속의 그림

어떤 날은 너무 보고 싶을 때가 있습니다
하루 종일 그대 생각날 때가 있습니다
이 세상과 저 세상의
막다른 길목에 선 듯한 우리가
당장 만날 수도 없는데
어쩌라고
그 놈의 그리움은 어쩌라고
홍역처럼 돋습니까
때 아닌 붉은 반점
살점 곳곳에 독버섯으로 피고

세상에 태어나
단 한 번이라도 스치고 지나갔을까요

어쩌자고 그대
액자 속 그림으로 정지되어
스위치만 올리면 그 놈의 그리움은
요동치는 겁니까

바람이 자고 있었다

슬픈 시에 가슴 찔린 바람이
자고 있었다

슬픈 음악에 가슴 터진
바람이 자고 있었다

슬픈 시가 우릴 슬프게 하고
슬픈 음악이 우릴 더욱 슬프게 하는

슬픔이라는 무게에 꽉 눌려

오늘 우리는 사랑할 수가 없다

사랑

이십육 층 아파트를 휘돌아
여린 가지 물어뜯는 칼바람

놓아주어야겠다
기꺼이 놓아주어야겠다

너는 나의 껍질이었어

팔을 들어 올린다
우.두.둑
관절들이 둔탁한 연결음을 낸다
또 고장이다
전신마비 환자처럼 선 채로 굳은 몸

눌린 바람이 한꺼번에 일어나
겨드랑이 사이로 날아간다

몸에서 빠져 나가지 못한 수분은
눈물이었을까

아직도 내 詩에선 눈물이 나고
그 눈물이 모락모락 잎이 될 때까지
햇빛과 바람에게 수리를 부탁한다

그래 너는 나의 껍질이었어
딱딱하게 굳은 네 등껍질의 보호막이 벗겨져

52

나무야, 나는 지금 아프다

터질 듯이 아프다
너를 잃고
내내

미치지 않고는
사랑할 수 없는

홍순아, 보고 싶다!

홍순(김홍순)아,
보고 싶은 친구야!
질리도록 잘 봐둘 걸
니 얼굴이 생각나지 않는다
광주천 징검다리 건너
날마다 우리는 추억을 캐고 있었어
바구니에 가득한 쑥만큼 쑥쑥 자라
몇 십 년이라는 세월이 우리를 포장했는지 모르지
멀기만 했던 중앙상회가
몇 미터 안 되는 거리에 그대로이고
그 넓은 광장 같던 우리들의 골목길이
몇 발자욱만 걸으면 끝이 닿더라
아직도 전도관의 뼈대가 동상처럼 버티고 있는데
너는 지금 어디에 있는지
우리가 다시 만나면
함께 했던 고무줄놀이 공기놀이 핀 따먹기
너가 가장 잘했던 쑥 캐는 것
꼭 한 번씩 해 보자꾸나
동네가 철거되기 전에
그 골목길을 함께 돌아봐야 할 텐데

54

너는 지금 어디 살고 있는 거니
어린 시절 좁은 시야로 우리가 본 것은
무엇이었을까
홍순아, 보고 싶다. 친구야
生이 얼마 남지 않은 사람처럼
급하게 그때의 니가 무척 그립다

해바라기

내 죄라면
당신만을 바라본 죄
오직 한 곳에 눈이 멀어버린
가엾은 영혼

다른 누구를 사랑할 수 있겠습니까

당신을 바라기하다
한 쪽 가슴은 시퍼렇게 멍이 들고
목은 제대로 가누지도 못합니다

내 꿈의 계단을
한 올 한 올 밟고 가시는 이

당신의 당신이 나라면
하데스의 왕국이라 해도
마다하지 않겠습니다

다음 세상에서 기다리고 계실
당신이 있기에
나는 오늘도
차마 건널 수 없는 강을 건너갑니다

56

신남이 제3시집

제**3**부
나의 기도

나의 기도

제가 언제 꽃이 피겠습니까 물으면
하느님도 부처님도 점쟁이도
서로 눈치만 봅니다
선생님, 수면제는 꼭 빼 주세요
어젯밤부터 연습한 말
한 쪽 머리가 얼얼해요
꿈속을 걷는 듯 사물들이 느려지는 오후
입 안에 맴도는 단어들이 힘겹게 싸우고
구석에 남은 겨울마저 떠난 것 같은데
봄을 차릴 수 없어요
주특기인 화려한 끼
사방에 툭툭 흘리고 싶어 안달났는데
봄이라더니 이게 뭐야
어깨는 녹이 슬고 절뚝이는 다리
입조차 열 수 없어

뭐라구요 믿었던 수면제마저
들어있지 않다구요?

58

달에 빠진 꿈

- 물 속에서

멀미 날 것 같다
물반죽 된 달이 허우적거리는 나를
건져낸다

바람은 덤벙대다
낭떠러지로 귀가하고
쑥맥인 그림자만 고요 속에 갇혀 있다

아군의 대열에서 이탈한 꿈은
지금 후방에서 고열로 신음 중……

아직 내 눈물에
화상 입을 사람 있을까

소리없이 떠도는 뜬소문
구급차에 실려가고
갓 태어난 핏덩이로
자석의 늪에 빠진 너,
너는 오히려 내 안부를 묻는다

미치지 않고는
사랑할 수 없는

벌써 화요일

아직 오지 않는 너는
바람이 돌아가는 길이 없다고 투덜대며
어딘가에 숨어
술래가 된 나는 길 있는 길만 찾아다니며
자꾸 꾸물거리고
길 없는 곳에서 지금도 헤매고 있을 너에게
바람이 뭐라더냐
꽃잎처럼 꼬물거리며
아마 울고 있겠지
길을 잃은 게 아니라 갈 수가 없었노라
말끝을 흐리겠지
댓돌에 가지런히 놓인
낯선 손님의 신발처럼
가슴에 품어도 뎁혀지지 않는
애증의 세월
화살보다 빠르다

수수께끼

끝종이 울리고
하나 둘 연기처럼 사라지는 아이들
뭔가에 얻어 맞은 듯
필름이 끊기고
운동장에 홀로 남은 아이
나는 누굴까
기억의 강을 건너는 동안
서서히 마취가 풀리고
남의 가지에 빌붙은 새가 보이고
하품하다 걸린 도둑고양이도 눈 마주치고
범벅된 안개와 햇살
무얼 쫓다가
운동장에 갇힌 걸까
풀리지 않는 수수께끼를 풀어가듯
초인적인 주문을 건다
젠장 다들 살기 위해 돈 벌러 나갔는데
외계에서 떨어진 별 하나
詩는 사치인가 고민하다가
고민하다가
마법이 풀린다 아직 보이지 않는 엄마

하루살이

손톱이 쑥쑥 자란다 살아남은 자의 허세
간신히 버텨온 어제가 오늘이 되고
주식 전광판의 숫자가
천식에 걸린 듯
가쁜 숨을 몰아쉰다
매 순간 살아있지만
어디로 튈지 모를 일상들
적당히 세일해서 죽 쑤듯 연명한
하루 이틀이 지나고
세상은 늘 시끄럽거나 때론
무음일 때도
너는 날개를 퍼덕이고 있었어
쫓는 이도 쫓아갈 곳도 없는 허허벌판에
오늘도 손톱은 쑥쑥 자라나고
너의 날개는
화려한 변신을 꿈꾸는 중이다

애벌레의 희망사항

살찐 애벌레 한 마리
용수철처럼 몸을 웅크렸다 폈다
어디론가 가고 있다
도심 한복판, 길을 잃은 것도 같은데
어디로 갈까
경기는 바닥인데 살림이 폈는지
대체 뭘 먹고 찌운 살이당가
가로수 어느 지점에서 발을 헛디딘 것일까
아님 바람 따라 번지점프라도 한 걸까
잠시 갈 길 붙들고 있는
애벌레가 말하네
남 사생활 신경 끄고
당신 발에 밟혀 죽을지도 모르니
거인이여 어서 가던 길이나 가시오

기타 등등……

짐을 내려놓지 못하고 혹은 부리기도 하고
가지가지 삶의 모습들
순대처럼 내장 속에 꽉 들어박혀
일터로 나가 세상을 굴리는 사람들은 사라지고
기타 등등 덤으로 낀 사람들만이 남아 이 아침
가라앉은 공기를 뜰체로 걷어내고 있다
늘 하강하라는 법은 없는 게야
난파선을 표류하다 바다까지 몽땅 끌고 와
돌아가는 세상사 기타 등등……에 끼어서도
오늘만은 달리고 또 달리고 싶다

사나이도 눈물이 있어

아가
사나이는 울지 않아야 한다고
누가 그러더냐
울고 싶을 때 울지 않는 것이
사나이의 길이더냐
그 긴 고통들을
어떻게 이겨내려고
이를 악물고
참아낸다더냐
그러다 가슴에 멍이 든다
지울 수 없는 더 큰 피멍이 든다
아가
울고 싶을 때 울어도 돼
엉엉 울어도 된다
다시는
사나이는 우는 것이 아니라고
말하지 마라
괜찮아, 사나이도 눈물이 있어

내 몸에 이상 전류가 흐른다

플러그를 꽂고 스위치를 켭니다
전원에 불이 들어오고 때 아닌 기지개를 켜면
하품은 파도처럼 밀려듭니다
설정온도를 높이면
아, 서서히 내 몸은 팽팽하게 줄감기를 합니다
식물인간, 기억 속에 아무것도 없는데
점점 내 몸은 열을 받고……
참 나는 열을 받아야 돌아갑니다
누군가 나를 엿보고 있군요
그리 놀랄 일도 아닌데 내 몸은 발그스름합니다
뜨거운 불속에서 웃고 있는 얼굴 하나
나처럼 뜨거움을 뜨거움으로 못 느끼는 사람인가 봅니다
자꾸만 소리내어 웃는 걸 보면
내 몸에 잠시 이상전류가 흐릅니다
흐물거리는 육신, 단단하게 단단하게 속도조절하면
어떤 놈은 거북등이 됩디다
오늘 난, 잔칫날 줄담배 피워대는 굴뚝입니다
몸은 더 뜨겁게 뜨겁게 달아오르고
낮에 잠깐 보았던 그녀가 자꾸만 생각납니다
오래간만에 웃는 모습을 보았던…… 보고 싶습니다

| 신남이 제3시집

내 몸만큼 뜨거운 가슴을 가진 것일까요
아아, 주인 아저씨는 속도 없이 스위치를 내립니다
나의 뇌도 점점 굳어…… 가압니이다아

나는 아직 미치지 않았다

나는 아직 미치지 않았다
미치려고도 하지 않았다
미치지 않음에 대한 부끄러움 비로소
잘게 잘게 토막난 열정을
털어내다
털어내지도 못한 부끄러움
미칠까 두려워
나는 법마저 익히지 못했다
발버둥칠수록
뻘 속에서 자꾸 커지는 몸뚱이는
속세든 현실이든지 힘 있는 것들에 압사당하고
말 잃은 마부는 허공에 채찍질이다
나는 아직 시에 미치지 않았다

장미와 호박

거머리처럼 착 달라붙은 배다른 더듬이
더듬더듬 내 바짓가랑이를 잡는다
살아보겠다고 기어코 살아보겠다고 내 땅에
발을 디딘 너는 필사적이다 날카로운 가시에
찔릴지도 몰라 자 어서 더듬이를 풀어
네 무게에 숨이 막혀 고고한 내 목은
땅 따먹기 땅이 아니야 주눅이 드는 상표 보듯
밤중에만 몰래 내 감각의 균형을
깨뜨리는 너 간지럽다 제발 내 발을
묶는 천 년 사슬을 풀어다오

69

머리카락을 뽑으며

누가 먼저 세상을 건너가 보겠는가
망설이다 용기 있게 하나 둘
제 무게에 발빠진
푸른 보리밭의 염탐꾼들
더 이상 갈 곳 없어
고장 난 기계 밑에
두 다리 쭉 펴고 앉았다
한사코 검은 머리카락이 더 많다며
주저없이 흰 머리칼 뽑기를 원하시는 울엄마
단색으로 일군, 간이역 많은 밭
한동안 아무 일 없는 듯 무심할까
칠십 평생 흐르던 물살
일상처럼 솎아내도
남반구의 알려지지 않은 대지를 중심으로
또 다시 살이 트기 시작한다
걷잡을 수 없는 속불이 활활 타다
용암처럼 흘러내리는 시간의 덫
경계도 없이 익숙한 동작으로
어느새 내 땅에도
강한 깃발을 꽂고 있다

70

우연히 널 보았을 때

구석진 곳에 걸린 액자처럼
무심히 뜬 달
잃어버린 퍼즐 조각을 끼워 맞추듯
창 밖 빌딩 꼭대기 사이에 걸어둔다
참 많이도 지나쳤지
이제 어른이 다 된 달
지금의 우리도
역사 속 어느 시대의 한 사람일 뿐이라고
생각할까
오늘 밤도
잊혀져 갈 수많은 사람들이
바라보고 있을 저 달은
지금 무슨 꿈을 꾸고 있을까
어떤 이는 기도가 되고
사무치는 그리움이 되기도 해
네 심장은 언제까지 팔딱거릴까
고궁의 뜨락을 거닐 때처럼
너를 보는 나는 다시 가슴이 저려오고
기억을 잃은 환자처럼
너는 오래도록 등을 켜두겠지

71

바위—바다를 밀어내는

미치겠군
당신을 사랑하지만 겁이 났어
수많은 등이 알사탕처럼 박힌 창도 없는 하늘
한꺼번에 우르르 쏟아질 것 같은,
물 속이 오히려 환한 날
숨구멍도 없이 랩으로 꽉 덮어씌운 그리움 덩이
언제 폭발할지 모르는 인화성 물질로
감쪽같이 포장되어
부글부글 끓어오르고 있었어
내다 말릴 틈 없이
시려서 시려서 무디어진
늘 젖어 있는 아랫도리
저들끼리 손잡고 바다를 밀어내는 바위산
언제나 바다엔
그 놈보다 단단한 그가 있었어
뿌리째 흔들리고 싶지만
바다보다 깊은 무게중심으로 서서
이끼를 풀어내고
오래 된 기억을 손질하며
조금씩 조금씩 닳아지는 살이 되어도 아프지 않는⋯⋯

72

하얀 뼈들, 폭등하는 물가처럼
일제히 뛰어오를 때마다
다독이며 어루만지며
평생 짭짤하게 간 맞추어진 채
겁 없는 당신을 사랑하게 될까 봐
겁이 난 그가 있었어

유년의 고향

1

한두 해 한 번씩 찾아가는 엄마의 고향
완행버스가 정차하는
거기가 거기 같은
산과 산 사이의 큰 다리
행여 지나칠세라 정신 바짝 차리고
차멀미에 울렁거리는 속을 진정시키며
멀리서부터 끌어당기는
진한 내음 속으로
어린 시절의 나를 맡겼다
엄마의 고향은
도시에서 태어난
내 고향이고 싶었고
먼 곳에 대한 그리움의 절정이었다
그때부터 그 가시나는 시인이었다

2

머리 빠진 논바닥에
개켜놓은 햇살이 아침을 털 때
앉은뱅이 겨울이 옹기종기 모인 양지쪽에

74

우리는 터를 잡았다
도시에서 내려온 가시나에게
뻐드렁니 여자애와 코흘리개 남자 아인
한 무더기의 욕을 자랑스레 배워 가고
산을 넘고 넘어 시골 5일장에서
외숙모에게 선물 받은 양말 한 켤레와
꼬깃꼬깃 내 주머니에 넣어진 이모의 쌈짓돈이
어린 시절 실타래로 엮어져
골방 씨앗 옥수수로 걸리고
내 기억은
오늘도
시래기 삶는 냄새로 분주하다
그 곳엔
봉화가 타오르듯
집집마다 굴뚝으로
저녁은 일찌감치 진을 치고 있을 텐데
이십년이 훨씬 지난 지금
출렁거리는 하늘만 푹 빠져 있을까 봐
쉽사리 사립문을 열지 못한다

아직도 눈은 내리고 있는지

펑펑 쉬지 않고 눈이 온다
고려시대에도 조선시대에도
몇 백 년 이상 그렇게
그 곳에 내렸을 눈
마디마디 전율을 느끼며
나뭇가지 휘어지도록 쌓이는 눈
이파리에서 눈물이 줄줄 흐르고 있다
무게가 버거워
꿈꾸는 햇살에 살점이 녹아들고
사라진 자리에
새로운 숨결을 불어 넣는다
밖은 숨 막히는
이천십년 유월의 끝자락
티브이 속에
낯익은 사람이 걸어가고 있다
정지된 듯한 화면이 바뀌고

아직도 눈은 내리고 있는지……

76

詩

세상 밖으로
저벅저벅 걸어나오는
한 줄 한 줌 한恨
위대한 떨림
절정
해바라기
그리움이 모여

수몰 이후

잘려나간 마을 한 자락 물에 풀려 희미하고
그나마 남은 돌담집 기웃거리며
옛 기억 되살려본다
애기씨 왔다고
금방 딴 오이에 사카린을 버물러주던 광수엄마
폐허된 마을회관과
꿈에 밟힌 채 세월에 누운 빨래터
그래도 목숨 모질어 죽지 않은 오래된 나무만이
평촌마을 팻말인 양 기억을 쑤셔대고

어쩌다 한 번씩 찾아가는 꿈 속 같은
그리움이라
고향을 잃은 실향민보다
가슴이 더 아리는 걸까
논밭 메뚜기도 개울가에 송사리도
내 시야에 꿈틀꿈틀 어제처럼 선명한데
그대로인 건 마을 굽어보는 저 하늘일까
시골 돌담집 풍경만 봐도 자꾸 가슴 설레이고
그 마을 작은 풀잎에라도
반갑게 얘기하고프다

78

잎이 진 후

실핏줄이 드러난 알몸
언제 저 많은 혈관들을 묻어 두었을까
잎 지고 남은 가지
오히려 뛰어난 자태姿態
그 사이로 하늘은 에너지를 뿜어댄다
벌레마저 화려했던 따스한 기류를 지나
단 하나의 깃발도 거부한
마지막 고지高地

지독한 인연

꽃들은 저마다 제 그늘에 숨어
하나가 되려 하고

꽃을 피워내지 못한
삭은 가지 끝에도
지나가는 그림자 모여

천 년을 후리는
바람 소리를 듣고 있다

*후리다 : 매력으로 남의 정신을 어지럽게 하여 빼앗다

이승에서의 하루

내 기억의 용량은
기다림을 채울 수 없었다
현재 기온 마이너스 십이도에 맞춰진 얼어붙은
온몸에
한 가닥 햇살이
수혈하듯 파고들고
그럴 때마다
이승의 육신은 강바닥을 훑고 지나간다
살아가는 동안
바람이 불고
눈비가 내리고
누군가 앉았던 자리
내 자리가 되기도 하고
혹은 그 자리를 누군가에게 내주기도 하면서
또 한 해가 시작될 때
잠시 새로운 기대감에 부풀어 있지만
어제 같은 일상이 쉼없이 반복되는 삶
흥분하고 때론 풀어진 긴장감에
가슴 떨리기도 하는
이승에서의 하루

청춘

내 병명이 뭣이당가
늘 봄인 줄만 알았네
우리들의 까마득한 옛날은
유리창에 부딪혀서 죽은 눈처럼
더 이상 오지 못하고
네가 내게 건넨 말은
시린 바람이 되다

인간이 돼지를 다스리다

인간이 돼지를 다스리고 있네
돼지도 동물이고 인간도 그저 동물인 줄만 알았지
천지가 물바다 되니 물 따라 떠내려가는 돼지들
글쎄 인간이 돼지를 구출하고 있더라고
오, 예~ 이제야 조금 감이 잡히네

바람—기억에게

배경 음악으로 소음이 깔린
연한 파랑이다
뻥튀기 아저씨
퍼엉 소리에
먼 山이 고막 터지고
술 취한 아버지
담배 연기 되어 허공에서 비틀거리신다
손만 위로 뻗으면 하늘이 닿을 것 같은 날
하늘을 베고 눕는다
구름을 굴려본다
묶인 기억들 속에서
그의 목소리를 풀어낸다
내 그럴 줄 알았어
바람에
당신까지 묻어올 줄 알았어
온몸이 근질근질
날개가 돋을 것만 같은데
당신, 날개도 없이 너무 멀리 날아왔어

84

자목련이었습니다

손들엇!
엉겁결에 손을 쳐든
자목련 속곳이
잘 닦은 치아처럼 새하얗다
이삿짐 한 켠에 고개를 빼들고
발부리로 힘들게 서서
이리 기웃 저리 기웃
새로운 얼굴들을 감시한다
저 많은 세간들
도대체 어디 숨어 있었을까
꾸벅꾸벅 졸고 있는 크고 작은 보따리,
나이테 같은, 그들의 연륜인가
온몸에 술독처럼 퍼져 있을 봄 햇살
이삿짐에 실려 보이지 않고
탈영한 구름만 실실 웃고 있는
아파트 뜨락

안개

그는 언제나 이중의 벽을 쌓는다
잡힐 듯 견고하지 못한 벽
살아 꿈틀대며
단단히 못질을 서두른다

때 묻고 찌든 일상들이
고물고물 피어올라
울부짖는 태풍을 잠재우기도 하고

투망질에 걸려
머리가 잘려나간 가로등
파닥거린다

스포트라이트를 받아
새 살이 돋는 욕망들
바느질하듯
한 땀 한 땀 정성스레
빈 내장을 채워가며
아직도 초라한 공연은
끊어진 다리 그 어디쯤에서

연출되고 있겠지

생의 시작이나 중간에서도 보이지 않는 미래

자동문이 열리길 기다렸다
스폰지에 잉크가 스며들듯
일제히 한 겹 한 겹 옷을 벗어 던지며
꿈처럼 사라지는 유성들

파도

사랑의 무게를 감당할 수 없어
나는 주저앉는다
애절한 샹송처럼 그리움은
그리움은 물밑으로
자꾸만 무너져 내리고
눈물로 비벼놓은 새벽
그 바다
온몸에 시퍼런 멍 투성이인
나는 또 자꾸 빠진다
한쪽 어깨에 아직 식지 않은 그대의 체온
그 사랑 밀려나 뻘밭이 되고
언젠가 숨쉬기조차 버거운 날일지라도
그대 내 삶으로 들어온다면
나는 백기를 들리라
이제사 지쳤노라고

| 신남이 제3시집

우물

(구름과 구름 사이 전나무는 빠져 죽고
초승달에 별하나 달라붙어 빠져 죽음)

바람은 알고 있다
어린 기억으로 물살 뒤틀림을
나, 먼 곳까지 날아와 유년을 꿰뚫다
움직이지 않는 수많은 생명이 죽어
꿈틀대고 있음을 보다

물 속의 마을

어둠이 일찍
토방에 닻을 내리고
여기저기 낮은 감나무
사람들과 살을 부비는 저녁 한 때
그 집 앞 개울은 꿈처럼 흘렀네
인심 한 다발쯤 공으로 나눠주며
평화로운 얼굴들
나는 보았네
돌아가고 싶어도 보고 싶어도
옛 자취 하나 없는
물 속의 마을 물에 빠진 마을
물 속에서 감꽃 피려나
홍시 되어 나오려나
하늘만 무겁게 받쳐 인 채
꿈조차 삼켜버린 벙어리여
애써 모르는 척 아무 말이 없구나

90

달이 달아나고 있다

너는 당장 오라 하지만
실은 달아나고 있다
내가 지쳐 다가가면
너는 내 위에 그림자처럼 떠 있어
하지만 따라오는 듯
언제나 거리를 둔 채
너를 잡을 수가 없어
인생은 다 그런 거라고
위로 아닌 위로로
나를 다시 칠흑 속으로 밀어넣더군
이제 너를 모르겠다
너를 따라 오라고 하는 것인지
가라고 하는 것인지
늘 달릴 준비만 된 내게서
달아나는 너를

91

제4부
미치지 않고는 사랑할 수 없는

미치지 않고는 사랑할 수 없는

비가 오네, 아저씨
하늘이 다 젖었는데

저기 산 너머엔 노을이 타고 있어

하나가 될 수 없는
극과 극
그래서 더욱 아름다운 걸까

미치지 않고는 사랑할 수 없는
그대와 나만의 진실

여자는 북으로 노을 따라 갔고
남자는 남으로 빗줄기 따라 갔어

비가 오네, 아저씨
그대의 시린 눈을
지금 내가 닦고 있는 중

94

가난한 연인

미안하다 당신을 사랑해서
억울하겠다 내가 더 당신을 사랑해서
미치도록 보고 싶은데
나 지금 울지 않아
우리가 세상에 뿌릴 눈물마저
시샘하는 뿌리 깊은 바람
그 바람이 지날 때마다
곪은 상처가 툭툭 터지고 있어
미안하다 미안해
당신을 너무 사랑해서

강가에서

내 사랑아

강가에서 혼자 울고 있을 그대에게
빈 손으로 돌아가야 할 시간이 길지 않은데
무얼 그리 걱정하며 살고 있느냐고
바다로 흘러드는 강물처럼
만나야 한다면 꼭 다시 만나게 될 거라고
차라리 그것은 고통과의 작별이었다고
핏속을 흐르던 수십 만 개의 바늘을
하나 둘씩 내 몸에서 빼내는 것이라고
강물을 부여잡은 채 울부짖어다오

내 사랑아

96

단 한 번만이라도

단 한 번만이라도
당신을 위해
밥상을 차리고 싶습니다

단 한 번만이라도
화장 안한 맨 얼굴로
당신을 바라보고 싶습니다

단 한 번만이라도
당신을 향해 일군
세상에 아직 빛을 보지 못한
저 깊은 가슴 속의 핏빛 언어
당신께 뿌려 드리고 싶습니다

훗날, 이것이 내 마지막 소원이라면
당신의 하느님은 들어 주실까요

마음

한 사람은
그대가 있어 행복하다고 하고
또 한 사람은
그대 때문에 아무 일도 할 수 없다고 한다
그대, 짐승처럼 울부짖을 때마다
천지는 뒤틀리고
나는 더 고독하다

살아 있거라

살아 있거라
살아 있거라

다시 만날 때까지
꼭 살아 있거라

이렇게 움직일 수가 없어도
그래도 살아 있거라

한 번은 죽는다지만
우리 만날 때까지

너, 꼭 살아 있거라

99

사랑은

사랑은 떠나는 것이라고
당신이 그랬나요
정말 사랑한다면
그리움쯤 잘 드는 가위로
싹둑 잘라내도 되는 거랍니까
미치도록 보고 싶었단 말은 거짓입니다
멀리서 서로의 행복을 지켜주는 것이 사랑이라고
절절한 그리움만이 사랑이라고
죽기 전에 당신의 눈물에 보탤
그녀의 해맑은 웃음만이 사랑이었다고
하지만 당신은 사랑을 모릅니다
이리 난 길도 저리 난 길도 가지 못해
방황만 합니다
그러다 해가 저뭅니다
저문 햇살만큼 애가 탑니다

100

그 사람

언제나 그 자리
한결같은 모습으로 떠난 임 기다리는
그 사람
그 사람 거기 있네
육신과 정신이
이 뿌리처럼 녹아 흔들리고
내가 쓰러져 일어나지 못할 때
그 사람 거기 있었네
기다려
내 죽어서도 돌아가
고목이 된 당신을 끌어안을 테니
치매가 시작되고 기억이 가물가물해도
내 돌아갈 곳은 당신 품
잊지 않고 돌아가겠네
당신이 진정으로 날 사랑한다면

그렇지만, 하지만

비 오는 날이나
늦은 밤이나
아무 때나 생각나고 아무 때나 그립고
아무 때나
달려가고 싶지만
생각만 자유로울 뿐
당신을 내 안에 가둔 것처럼
쇠사슬은 풀리지 않고
왜 이렇게 늘
정해 놓은 시간
그렇지만, 하지만이 반복된 삶 속에서
표류하고 있나요
이 밤도 주책없이
그리움이란 놈은 불쑥불쑥
예수 그리스도 도마뱀처럼
물 위를 빠지지도 않고 달려갑니다

제자리에서

그대 어디만큼 오고 있나
그대 어디만큼 가고 있나

되돌아가는 길은 이렇게 멀어
목적지를 이탈한 지
한참이나 된 듯한데
여전히 그 자리를 빙빙 돌고 있다

길은 찾지도 못하고
너무 멀리 떠나왔나

어느새
일상이 되어버린 그대

내 가슴 후비는
폭풍은 지나갔는데
거친 비바람을
또 다시 기다리고 있다

그래도 보고 싶다고
그럼에도 보고 싶다고

당신은 지금도 행복한가

오늘도 가로등에 불을 켠다
점점 죽어가는 기억들이
길을 찾다 헤매일까
되돌아올 길을 닦는다
수많은 날들
나로 인해 행복해 하던
소년도 가고
중년의 아저씨도 가고
등 굽은 세월만 그 언저리에 남아
사라진 길목을 지키고 있다
닦아도 보이지 않는 길
불을 켜도 희미한 기억 속의 길
천 길 만 길 낭떠러지에 떨어진
내 사랑이
그 길로 돌아와
새벽을 맞이하게 될 날
언제쯤일까
우리가 두 눈을 뜨고 살아있을까
당신은, 지금도 행복한가

그 여자

그 여자
맛있는 아이스크림을 먹으면서
펑펑 운다

그 여자
재밌는 코미디를 보며
웃다가 울다가

오랜 세월 비바람에 다져진
담장 와르르 무너지듯
가슴이 한꺼번에 무너지고 있구나

그리움과 눈물로 반죽된
첫사랑이
입안에서 줄줄 녹아내리고

막차를 타고 돌아오지 않는 첫사랑을
아직도 기다리고 있구나
그 여자

그 이름이 되고 싶다

당신이 외로움에 몸부림칠 때
부르는 이름
당신이 삶에 지쳐 기대고 싶을 때
세균처럼 입안에 맴도는 이름
꿈에서도 몇 번씩 부르는 이름
당신의 심장이 홀라당 다 타 버려
죽기 전에 불러야 할 그 이름이 있다면
어쩌면 우리가 지금
이승과 저승 사이의 거리에 있을지라도
나는 당신이 부르는 그 이름이 되고 싶다

허공에도

시야에서 멀어질 때까지
손을 흔들며
늘 아쉬운 마음으로 헤어져 돌아오는 길
그 아쉬움이 있기에
우린 또 다음에 만날 날을 꿈꾸며
살아가는지도 모른다
만날 때보다
헤어져서 나의 길로 들어설 때가
더욱 가슴이 떨리고 답답하다
뭐라 말할 수 없는 슬픔이
한꺼번에 나를 짓누르고
그럴 때마다 입술을 깨물며
허공을 응시한다
혼자만이 세상에서 가장 아름답고 슬픈
사랑의 주인공이 된 것처럼
감췄던 눈물이 몸 밖으로 달아나려 하지만
사슴처럼 목을 길게 빼든다

허공에도 떠난 그가 있다

봄날의 SOS

낮에도 몽유병 환자처럼
당신에게로 갑니다
보고 싶다는 말 한 마디로 끝날 일이라면
하루에도 수 천 번
보고 싶어, 보고 싶다고 외쳤을 겁니다
당신에게로 가는 방법을
아직까지도 나는 모릅니다
낼 다시 당신을 사랑할 수 없을지언정
이 순간 당신이 너무 보고 싶습니다
온전히 당신 것이 되기 위해
이 봄날 나는 투병중이고
상처투성이 기억이
당신에게 신호를 보냅니다
곧 바로 당신에게 닿을지
감전이 될지
기계는 멈추지 않고 잘 돌아갈까요……

소원

나
그저 살아있기만 해도 좋은
그대의 사랑이고 싶어라

언제나 보고 싶은
꿈 같은 여인으로만
그대 가슴 속에 남고 싶어라

길이 있어도
열린 길로 아니 가고
바람이 불어도
그 바람 다 맞을 수는 없어

109

마지막에
마지막 날에
그대 향해 웃는
숨은 꽃으로만
남고 싶어라

당신을 보냅니다

당신을 보냅니다
글로도 대신할 수 없는 피눈물을 쏟으며
이제야 당신을 보냅니다
당신 때문에 타오르던
미래의 꿈도 사랑도
부질없는 기대라는 걸
이제야 깨달았습니다
현실 속에 언제나 나는 없었습니다
현재를 건너
과거와 미래에 맞춰진 채
아무 것도 할 수 없습니다
행여 나를 잊지는 않았는지
지나간 페이지를 들춰보기도 하고
기억해 내지 못한 추억까지 넘기다가
아직도 당신은 내게서 아주 멀리 있음을 깨달았습니다
수취인이 당신인 알몸의 편지
당신에게 보냅니다……

시간을 넘나들며

소리 내어 울 수 없어
소리도 못 내고 웁니다
아니 우는 게 아닙니다
그저 눈물이 흐를 뿐입니다
고요마저 발길 얼어붙은 늦은 밤
닫혀 있던 옛 길이 열리고
색바랜 추억의 한 켠
나는 정말 웃을 수 없는데
사랑하니까 웃으면서 보내줘야 한다고
어떤 이가 말합니다
안개 덧씌워진 겨울 철로 위로
눈물은
시간을 넘나들며
뜨겁게 뜨겁게 흐릅니다

111

미치지 않고는
사랑할 수 없는

우리는 우리

만나지 않는다고
당신을 잊었습니까
멀리 있다고
당신이 내 맘 속에 보이지 않습니까
어디에 있든
우리는 우리입니다
보고 싶다는 말 하지 않아도
나는 당신이 내딛는 땅
그 하늘 위에 있습니다
너무 넓어서
지금 당신의 눈 속에 다 들어가지 못할 뿐입니다

말없음

당신 무척 슬퍼 보이는군요
내가 슬프기 때문일까요
위로 받고 싶은 마음 간절하지만
지금 힘들다는 말 전해 줄 수 없어
차마 가슴이 아프다는 말 할 수 없어
돌아섭니다
그저 목소리만 듣고 싶었습니다
이렇게 혼자서 말하다
문명의 줄에 태워 말없음 말없음…만 보냅니다

나는 사랑을 버렸습니다

보고 싶어도 볼 수 없습니다
가고 싶어도 갈 수 없습니다
목소리 듣고 싶어도 아무 말할 수 없습니다
그토록 사랑한다면
사랑하는 사람끼리 살아야 한다고
사람들은 말하지만
나는 사랑을 버렸습니다
사랑할 수 없는데 어찌 사랑이라 하겠습니까

너와 나의 약속

우리 손가락 걸며 무엇을 약속했나요
해지는 모습을 바라보며
어린 왕자가 말합니다
길들여진 당신과 나
언제 다시 만날 수 있지요
살아있을 때 이승에서 만나지 못한다면
죽어 또 다른 어느 별에서 만날 수 있을까요
세월이 많이 흐르고
우리가 주위의 모든 것에서 자유로워질 때
그때는
지난 아픔의 시간들 모조리 잊은 채
웃으면서 사랑한다 말할 수 있겠지요
나 당신을 그리워 했노라
나 당신을 언제나 가슴 속에 품고 있었노라
그러다 많이 지치기도 했노라
평행선의 이 쪽 끝과 저 쪽 끝의 다른 방향이 아닌
서로 같은 길을 걷게 될 날 꿈꾸며
우리에게 정지된 시간들을 퍼올릴 두레박 찾아
나, 당신에게 생명의 물 한 모금 건네줄
그런 날을 기다리다

115

옛날 이야기

말해 봐, 날 사랑했었다고
그러나 지나간 과거입니다
난 널 사랑했었어
네, 그것은 옛날 이야기입니다
할머니가 들려주는 옛날 이야기
내가 보고 싶었니
아, 그러나 모릅니다 얼마만큼 보고 싶었는지
닦은 길 위로 세월이 덮어갑니다
아무 말 없이
앞으로도 널 사랑하겠어
아, 그것은 더더욱 모를 일입니다

탈출

모든 것 다 버리고
당신에게 갈 수 있다면
그 옛날 우리
처음으로 사랑할 때처럼
그날이 돌아온다면
사라진 눈물 다시 흐르겠지요
꿈조차 온통 그리운 이의 얼굴
하지만 나 오늘 이 강을 건너지 못하네
내일은 건너갈 수 있을까
필사의 탈출을 하고 싶어라

117

네 그림자

북녘 땅도 아닌데 보고 싶어도 볼 수가 없구나
가고 싶어도 갈 수 없구나
사랑한다 말할 수가 없구나
가슴 아픈 노래는 내 심장에서 타고
또 타고
너와 나는 자꾸 늙어가는데
꿈길에서나 젊은 모습으로 만나고 있을까
그때 우리는 얼마나 사랑했을까
사랑하도다 벗이여
보고픔 만큼 잊을 수도 지울 수도 없는
죽을 때까지 살아있을 네 그림자
나는 오늘도 밟는다
네 그림자를

천상에서의 암호

가령 중국산 수의를 입었다든가 혹은
온몸의 뼈가 타 버려 수억 개의 가루로 공중분해 되더라도
당신과 나 알아볼 수 있을까
낯선 외계인처럼 말이 통하지 않으면 어떡하지
만날 장소도 시간도 모르는데 어떻게 만날 수 있을까
너무 먼 곳에 떨어져 있어 만날 수 없는
生이었는데 천상에서 만날 약속도 없이
어느 날 떠나버리면 떠난 줄도 모른 채
내가 연락한 그날부터였을 거라고
믿은 채 살다가 당신을 따라 나서겠지
거기서도 당신을 만나지 못한다면
영영 만나지 못한다면
우린 어떡하지
날마다 사진 한 장 들고 헤매다 쓰러질지도 몰라
그래 뭔가 새로운 교신부호가 있어야 해
수억 개의 가루가 되어도 한눈에 알아볼 수 있는
우리만의 암호 말이야

119

열리지 않는 문

문 밖에 당신이 있는데
왜 이리도 추운지
나는 문을 열지 못하네요

한 팔만 뻗으면
한 걸음만 나서면
거기 당신이 웃고 있을 텐데
환한 미소가
내 온몸에 감전될 텐데
나는 지금 문을 열지 못하네요

우리가 놓쳐 버린 많은 시간들은
젊은 날인 채로 정지되어
문만 열면
한꺼번에 쏟아질 것 같은데
나는 움직일 수가 없네요
꼼짝할 수가 없네요

120

유언 · 1

그녀가
말합니다

죽기 전에 나 죽기 전에 보고픈 단 한 사람이
있어요 그 사람을 불러줘요 마지막으로
마지막으로 한 번만 보고 싶은데
떠나는 길 내 눈 속에 넣어가고 싶은데
아니 아니 싫어요 이승에서의 마지막 모습
보여주고 싶지 않아요 살아 있을 때 보고픈 사람
죽어서도 그리움 될까 두려워 이 다음엔 잊지 말고
다시 만나자고 꼭 만나자고 전해 줘요

유언 · 2

나 그래도 당신을 만나 행복했다

때로는 당신의 나비가 되기도 하고
때로는 당신의 풍차가 되기도 하고
때로는 당신의 목련꽃이 되기도 하고
때로는 당신의 그리움이 되기도 하고
때로는 당신의 눈물이 되기도 했지만

그래도 당신이 있어 행복했다

날마다 당신을 그리워 했으므로

지금은 사랑할 때

견디기 힘든 시간의 연속이었어
바람이 휠 때마다
휘청거리는 내 몸짓이 안타까워
못내 발악을 해댔지
너에게로 향한 내 맘이 죄악이라고 느꼈던 나날
너를 생각하면 눈물만 터져 나와
하루에도 몇 번씩 반란을 일으키는 내 안의 나
……
아궁이에 타다 남은 마지막 불씨 같은 소망 하나
너를 사랑해
나는 너를 사랑한다고

목련

내 몸 하나 누워
이슬 밴 풀잎에 젖지 않을까
푸른 아침,
뜨락을 우윳빛 넘치게 녹아드는 사랑의 노래
계절을 꿰는
한 줄 실오라기 흔들릴 때
고샅에선 아이들 터지는 숨결 찰랑이고
나는 詩心을 모아
움트는 돌멩이 위에 푹 쏟아낸다
하늘서 전해 오는 情을 펴고
들이닥칠 일상의 고뇌마저
봄의 소곡처럼 엮어 낼
그대 목련 그늘에선
흰 향기가 피어난다

제5부

마음의 상처를 꿰매다

마음의 상처를 꿰매다

늙은 나무가 유리창에
머리를 세차게 얻어 맞는다
안 그래도 조각난 기억들
무심코 아래 층으로 떨어진다
누구에게나 거쳐 가는 젊은 날들이
내게도 있었을까
모든 것은 한 때임을
그때도 알고 있었을까
대장이 새끼로 물갈이 되고
흐릿한 기억 너머
행복했던 순간도 떠올라
마지막 바람일 거야 마지막 바람이길
간절히 기도하며
툭툭 부러진 마음의 상처까지 꿰매 본다

126

생각

지금 무슨 생각을 하고 있을까
아무것도 생각나지 않는다
아니 생각이 많아
밥 속에 빠질 것 같다
고개 들지 못하게 생각을 쑤신다
터져 피가 날 것 같다
아스팔트 위에도 생각은 깔려 있고
온통 많은 생각들을 밟는다 밟아 버린다
생각은 침묵하다
내 몸무게만큼이나 무거운 것 같은데
생각은 침묵한다
꿈길을 걷듯 잡히지 않는 생각들
아무런 생각도 내 생각 속에 걸쳐 있지 않다
내 것이 아닌
생각을 놓는다
생각을 놓친다
그리고 다시 생각해 본다
살아있어 생각해야 할 것들을

127

감꽃기도

모두 잠든 사이
후두두 빗소리에 귀열린 어린 감꽃
목까지 축축하게 차올라
재채기를 한다
먼저 온 알몸의 바람
두 눈 파르르 떨리더니
온몸이 뻐근하도록
떠받치는 손이 얼얼하다
그 바람은
잠시라도 날 사랑했을까 몰라
시간이 흘러
햇빛에 두둑해진 내 전신이 달구어져
상처 아문 자리 새 생명 일어서고
뎗은 빛깔 구석구석 배분되어
몇 해 꼼짝없이 걸린 연보다 높은 곳에서
아슬아슬 현기증이 도드라질 땐
당장 코피라도 쏟고 싶었다

다시
꿈 저장 탱크를 열어

128

내가 홍시가 되어도
몇알 남지 않은 까치밥이 되어도
여린 감꽃으로
여린
감꽃으로
그대 기억 속에 코팅되고 싶다

꿈 1 (한낮의 정사)

바람이 잔가지를 붙잡아 성가시게 하다
시시각각 삶을 비집고 쳐들어오는 적들에
허물지 못한 아름다움 가차없이 벗겨지고
나무는 통사정을 한다
머리 속에 詩가 감겨 잠이 오지 않는다고
서투른 고민을 터뜨리다
바짝 태운 황금 언어들 햇빛에 미끄러지며
시간을 초고속으로 강타한다
그들의 사랑은 위험수위다
들어와 봐 정말 꿈이 아니야
꿈 속에선 꿈이 아니라고 하기도 하고
요란한 기계음이 환각제를 삼킨 오후

꿈 2 (진공 청소기)

살이 떨린다 터진다 땡기는 근육
하루에도 몇 번씩 늪으로 통하는 길목
새로운 피투석을 한다
언제나 공격자세로 숨어서 엿보는 바이러스
배불러 터질 때까지 온갖 기억을 해치우는 잡식성
먼저 들어온 놈은 먼저 곰팡이를 피워내고
저당 잡힌 꿈이 해체될 때까지
비자금을 관리한다
철가면 속의 철면피
심장이 터질 것 같다 피가 솟구칠 것 같다
예술가는 약간 미쳐 있어야 한다고
절규하듯 솟구치는 힘, 힘

131

꿈 3 (바다)

사람들은 내가 미쳤다고 한다 거친 바람과 작당을 해서 모든
것을
삼켜 버린다고 삼킨 것은 모조리 먼 바다로
끌고 가 하얀 게거품만 흔적으로 남기는 전염병 환자라고
그러면서 그들 가슴 속에 날카롭게 솟은 세상 고민을
던진다 너는 온갖 고통을 짊어져도 아프지
않을 거라고 그들 가슴 속에 남은 나는 무엇일까
끝이 보이지 않는 먼 곳을 뚫어도 흔들리는 것은
꿈과 그리움 미친 나를 움켜잡으려 하지만 난
그물에 걸리지 않는다 걸리는 것은 그들의 자유일 뿐

꿈 4 (팻말)

저기 죽음의 고지가 있다 누가 먼저 가겠는가
선착순 모집 세 명까지는 천국행 티켓을 무료로
가장 좋은 자리에 모시겠습니다 나이 직업 재산
인물 무시하고 시험도 청탁도 비리도 없는
그런 세상으로 오실 분 지금 전화 주십시오 미리
구경하실 분도 환영합니다 왕복권 티켓을 무료로
발매해 드립니다
우리의 죽음이 몇세 되는 어느 날로 똑같이
정해져 있다면 살아있는 동안 고통은 없을 테고
또 다른 세상에 가기 위해 죽는 날까지 열심히
노력하는 사람들이 많을 것이다 직업이 같은
사람끼리 또는 취미가 같은 사람끼리 무리를
지어 어떤 장소로 들어가 이 지구에서 흔적도
없이 사라지게 된다면 지구는 지금처럼
휘청거리지 않을 것이다
돌아눕고 싶어도 한평생 내 땅이 없었던 사람들을
위하여 단 (죽음)의 직업의식이
투철한 사람만을 고집합니다

133

꿈 5 (월정리역)

강도 높게 쭈그리고 앉은 젊음
저만치 들것에 실려 떠나고
나이를 더듬지 않아도
녹슬고 일그러진 고물은
밀랍 되어
하늘이 손바닥에 걸리도록 그 자리에 서 있었다
인생이 진흙 반죽처럼 자유로울 수 있다면
낮은 전신주에 앉은 제비도 되고
구름도 되어
보이지 않는 길 헤매지 않을 터
북에서 남으로 굶주린 바람 불어올 때
삭은 고무줄 같은 철로여
철원에서 가곡으로
혹은 가곡에서 철원으로 튕겨 나가
최후의 날에 혼자 살아남은 듯
그렇게 울고 있구나, 너

134

변신

제발 살려 주세요
꼬리를 자르며 완전 변신을 꿈꾸는 마술의 달인
사람의 형상이었다 네 발 짐승이었다
맑은 하늘을 지나며
풀리지 않는 수수께끼 같은 난해한 문제들
불꽃처럼 확 달아오르지 못한 채
흩어진 유년의 기억을 물고 있다
저 하늘 어디쯤 그리움을 걸어두고
되돌아갈 門 하나 없이 사라지는 걸까
머리 속에 입력된 프로그램을 펼치며
수묵화 사이사이 그리운 얼굴들을 찍어낸다
나는 불꽃이었던가
오늘도 화려한 변신을 꿈꾸며 앞으로 앞으로…
生의 지름길로 달리면
구름 뒤의 세상까지 알 수 있을까
출렁거리며 바다를 빠져 나온 수수께끼 같은
맑은 날의 대변신

135

항아리

소금에 삭힌 절절한 그리움 한 움큼씩 일어나
폭포수처럼 확 쏟아지는 날선 햇살을 받기고
하고 물 속 튼실한 하늘 길어다 낯익은 고향집을
풀어놓기도 합니다 때로는 해산달이 가까워
토실토실 여문 달빛 온몸에 꾹꾹 눌러 담고
막걸리 한 사발로 허기진 배 채우는
지옥불을 탈출한 마녀입니다

파기라, 다시 세상으로

온몸에 녹아내린 햇빛을 떼어내고 건너가는
바람도 세차게 흔들어 보았지 홀린 여우비
비틀비틀 멈춰선 후 죽은 줄 알았던 말라
비틀어진 몸뚱이 스무날을 잘 견딘 보람으로
한 생명을 힘차게 뚫고 있다 긴 터널 속에서
얼마나 살고 싶어 발버둥질했나
핏줄을 타고 흘려 보낸 굽은 다섯 손가락이
세상을 향해 꿈틀꿈틀 돌격, 앞으로!
보초병의 비상근무에 막힌 체증이 환하게 터지네

137

해 그리고 선線

건물 사이에 끼어 오도가도 못합니다
긴 막대로 살짝 건드리면
온몸은 터질 듯 부풀어 오릅니다
하루일과 속에 햇빛도 끼워 넣었습니다
마치 하루종일 길이 환했을 것처럼
꽃이 진자리 한동안 그렇게 붉은 아우성입니다
모든 전화선은 선線 하나에 모여 불통입니다
그의 목소리도 선에 갇힌 채 불통입니다
이제 남은 시간만 그대를 생각할까 합니다
그 밖의 시간들은 햇빛에 바짝 말려야겠습니다

폭풍 후

몸살이다
밤새 심하게 흔들어대더니
그도 몸살이 난 걸까
잎새 하나하나 지켜내기 위해
온 가지마다 신경 곤두세우고
살기 위해 어떻게든
생명줄은 꼭 붙들고 있으라고
곳곳에 비상 사이렌을 울린다
괜찮아
어쩌면 바람도 제 상처를 보듬기 위해
저토록 몸부림하는 것인지
온몸이 불덩이다
간병인도 없이
아침은 내 몸에 링거주사를 놓는다

139

감자

잠시 이승과의 대화가 끊겼다
무슨 일이 있을까
그곳도 여기처럼 어두컴컴할까
종일 어둠이 한 우주라 생각될 때
이따금
따스한 기운이 코끝을 스치기도 하고
헤벌린 입속이
촉촉하기도 하지

친구들 하나 둘 객지로 나가고
부실한 뿌리 곧추세워
입술 부르트도록
날마다 날마다 신호음의 두께를 잰다

삶의 깊이는 어둠 속에 있는 거야
내게도 휴식은 필요하지
한 번도 가본 적 없는 세상을 꿈꾸며
오늘 아니면 내일
두꺼운 천장을 힘껏 뚫을 거야
가쁜 숨을 내쉬며

140

아, 이쯤에서 확 솟구쳐야지

눈치없이 먼저 삐져 나온 발가락
오슬오슬
세상을 턴다

꽃샘추위 · 1

열흘 굶은 듯한 바람, 송곳니 같은 발톱을 세우고
빌딩숲에서 새 꽁지까지 요란하게 들쑤신다
바쁘다 바뻐
콘크리트 사이 피어난 질긴 풀잎들도
새파랗게 기가 죽어 오들오들
아침에 눈이 먼 족속들만 지상을 꽉 채우는 하루
곰삭은 젓갈 한 줄로 서서
이마엔 주름 한 줄 더 얹어놓고
어딘가 허전한 구석 찾아
앙탈부리는 계집이라

꽃샘추위 · 2

솔이파리가 바람을 사정없이 털어낸다
봄인데
봄인데
몸부림 칠수록
악착같이 달라붙는 바람
물오른 가지조차 삐걱댄다
흔들리는 품이 장난이 아니다
이빨을 드러낸 맹수같이
쩌렁쩌렁한 목소리가
골목에 확 퍼지고 있다

*품: 어떠한 일에 대하여 수고가 되는 힘

봄봄

해마다 오는 길이지만
왜 이리 바쁘신지
해산달도 아닌데
지천에 몸푸는 소리
들리는가
아무도 모르게 살금살금
살을 뚫고 삐져 나온 향기가 늘 새로워라
온 천지가 급하게 취하고
갈 곳 잃은 봄바람까지 흔드는구나
농부의 호미에도 꽃바람이 찍힌다

144

비밀

어둠 속
숨통을 조여오는 이 낯선 공기
살기 위해 헉헉거리며
내뿜은 입김이
갇힌 비닐봉지 안에 뿌옇게 서리고
아침까지 뿌리를 달고 있었다는 걸
까맣게 몰랐어요
파김치가 되기 전
밤새 한 뼘이나 웃자란 키
날 보는 그녀는
무심한 듯 무딘 칼날을 세운다

145

겨울 해

설익은 햇살에서 바다 비린내가 난다
달궈지지 않은 채 방금 그물에서 건져 올린 여린 해
가시도 없다 멸치 내음 같기도 하고 미역 향 같기도 한 바다
고층 아파트에서 뛰어내려 세상을 보다
호기심 가득한 놈들 유리창에 달라붙는다
내 발부리에 걸려 바다가 뒤섞인다
또 한 고개를 넘었나 보다
모서리까지 아침이 퍼지길 바래
낡은 빛들이 통과할 때마다
함께 드나들던 실한 놈은 벌써 습기를 빨아 올리고
내일은 투실투실 살 좀 쪄오라고
바다로 돌려보내야겠어
한 生을 사각틀에 고정시킨 채
빌린 햇살 투명하게 빠져 나간 자리

간이역

길을 잃었다
눈 위에 눈이 쌓여
발자국 하나 없는 태초의 길
오백 년 전
천 년 전
누군가의 꿈이었을
이곳은 미래의 길이기도 하다
당신은 뭐라 변명도 없이
여전히 부재중이고
긴 긴 시간
당신의 길이 되고 싶었던 작은 소망은
어디쯤 멈춰 서서
헛 바퀴만 굴리고 있는지
낯익은 간이역을
낯설은 이름처럼 그냥 지나치는 당신
쌓인 눈이 내 눈물처럼 다 마를 때
잠든 땅 속에서 불쑥 솟아오를까
오늘도 여전히 간이역이다
나는

제한구역

꿈꾸듯
하나의 계절은 가고
오랜 가뭄으로 말라붙은 대지大地
비상급수가 시작된다
등줄기에 시린 희망을 끼얹는다
고개 떨군 애기 호박잎들
언제 푸른 잎 줄기 되어 세상을 뻗어갈까

꿈틀거리는 어린 잎
비상구 없는 제한구역 안에 있다

148

신호등을 응시하라

두 다리가 후들거린다
마법에 걸린
한 무리의 건강한 바람이 가볍게 쓰러지고
소나무 이파리에 악착같이 달라붙은 이슬만
노동 속으로 걸어가다
사랑하는 것들이
사랑하기에 왠지 더 슬픈 지점
배 한 척 띄우지 못하는 강물처럼
그대와 나
엇갈린 꿈으로 묶인
고양이의 날카로운 눈동자를 응시한다
지금, 마비된 근육이 마른 바닥을 뒹군다

해가 빠지고 있다

해가 가고 있다
남은 그림자들도 덩달아 바쁘다
가슴은 저리도록 뛰고
파스를 붙여본다 팍팍한 세상
잘 견뎌왔는데 이제는 못 참겠다
안 되겠다 우황청심환이라도 먹어야지
어쩌면 나도 저 식어버린
파편 속의
한 부분일지
어쩌면 보이지도 않는
한 점이 되기 위해
온몸이 멍투성이가 되었는가
그림자는 제 몸과 하나 되어
해를 밀어낸다
해가 구덩이에 쑥쑥 빠지고 있다
달걀 노른자처럼 터질 것 같은 해
두 손으로 고이 묻어준다
내일이면
치매환자처럼 키득키득 웃으며 떠오를 해

150

금니

저승 갈 노자돈으로 금니 하나 박는다
누구의 표적도 될 수 없는 가장 안전한 곳에
비싼 금니 하나 숨어 하루 노동을
틈새로 찍어내고 신경선 차단된 길
숨은 햇살만이 꿈꾸듯 미끄러지다

바이러스

우린 이렇게 잊혀져 가고
기다림도 그리움도 없이
일상이라는 바퀴를 굴리고 있다

밥을 먹고 음악을 듣고 집안일을 하고
이따금 악을 써 보기도 하고
삶에 부대끼면서
잊을 만큼 또 잊어버리고

잊을 수 없는 것은 세상에 없는 것처럼
하루하루는 바쁘게 돌아가고
잊혀진다는 것은 무엇을 의미하는가
기억에서 기억을
누에고치처럼 한 올 한 올 뽑아내는 것일까

〈사고력 저하, 기억력 감퇴〉
애쓰지 않아도 신종 바이러스는 깊숙이 침투되어
비밀리에 임무수행중이고

희미해지는 그리움을
자꾸 기억력 탓이라 한다

○○○ 여사

이제 또 슬슬 한탕 해 볼까
궤짝에 갈고리로 돈을 긁어 담아야지
쉬는 시간은 좀이 쑤셔 땡.땡.땡. 수업시작
눈에 보이는 땅들은 모조리 내 것이 되어야 해
펑 펑 펑 뻥 튀기는 거지 어디 또 어디 저기
제일 큰 별 주인장 계시나 맘에 들어
점 찍었어 새처럼 날아가 팻말을 세워야지
○○○ 여사 땅 히히히 내친김에 달도
분양 받을까 그까짓것 쯤이야
아니지 달은 믿을 것이 못돼 수시로 변하거든
보름달이 초승달로 졸아들어 봐 미치지
외계인을 만나 거래해 볼까 유로화나 달러로도
통하나 죽어서도 큰 대大자로 묻힐 땅 여기 저기
닥치는 대로 사들여 취미거든
여보세요 거기 땅 좀 있어요?

153

겨울동화

초가에서 기와로
지붕 끝에 녹아내리는 눈물이 따뜻한 오후
마당 한 켠에 덧니처럼 솟아오른 팽이
잠에서 덜 깬 푸석푸석한 얼굴로
매를 맞는다
숨조차 돌릴 틈 없이
한 방향으로 한 방향으로 돌고 또 돌아
돌겠다 참
너무 어지러워 비틀거리면
사정없이 옆구리 채찍이 가해지고
아, 현기증이다
피가 모자라 비상등을 켜면
또 급수혈이 시작되고

눈을 떠 보면
다들 어디 갔을까
손가락에 착착 달라붙는 문고리처럼
같은 하루를 키웠던
어릴 적 벗들 그리운 이름들
어디로 갔을까
팽이는 기억 속 풍차처럼 도는데

154

알 수가 없네

바다 저 멀리
하늘과 바다가 맞닿는 곳
어디까지가 바다이고
어디까지가 하늘일까
하늘이 빠져 있는 곳이 바다겠지만
바다가 하늘 속에 빠져 있을지도 몰라
어디가 하늘인지
어디가 바다인지
바다를 바라보다 하늘을 쳐다보면
바다가 하늘이고
하늘이 바다 되네

제 몸까지 태워가며

태양이 제 몸을 태우고 있다
生이 얼마나 남았을까
이글이글 제 스스로에 데이고
말려가며
살이 깎일 법도 한데
자고 나면 다시 부풀어 오르는
절대자의 힘
콘센트도 없이 충전된 그 님의
기가 정말 드세다
만물은 숨 쉴 수 없어 헉헉거리지만
아직 멀었어
이제 시작인 걸
저 거만하게 돋은 가시는
제 몸까지 태워가며
더위를 여유있게 호령하고 있다

156

늙은 느티나무

해가 갈수록 뿌리는 잎과의 거리가 멀어
소통이 안 되네
몸집이 거대해질수록
통역사가 필요하고
관리인이 필요하고
거대해진 그늘로도 발부리는 덮을 수 없구나
한 발만 다가가면 닿을 듯한 저 하늘
파란만장했던 과거가
파노라마처럼 지나가고
이렇게 푸르른 지금이 오히려 청춘이던가
꼭대기에 걸린 그늘까지
한 뼘씩 자라지만 자신을 바라볼 수가 없다
껍질은 삭아 허물처럼 벗겨진 등짝
간 밤에 다녀간 첫사랑의 온기가 남아 있다

나무는

미처 타오르지 못한 불꽃끼리
가슴이 한 데 엉겨
바람을 털어낸다

가지마다 잎마다 마법의 주문 꽂히고
한 계절 타는 실햇살 머뭇머뭇 돌아가다
내 자리까지 밀고 들어와
그처럼 타버리라 하네

낙화

하늘빛의 단어가
꿈틀거리는 오전 열시
밤새 속병 앓던 젊은 시인
피를 토해낸다
정상에서 더 이상 갈 곳 없어
스멀거리며 자궁 밖으로 밀려난 벌레들
이게 마지막이라고
아니 마지막이 아니었으면 좋겠다고
시뻘건 몸뚱이를 떨쳐내다

장미

그녀의 달이다
그녀가 보았던 달이리라
단군의 여자 주몽의 여자 또 다른 여자들
빛바랜 사진틀 속에
작게
혹은 너무 커서 다 가리지 못한 열병
가슴에 숨겨둔 비밀만큼
발작을 일으킨다

달

왕의 몸에 돋은 열꽃

이제 더 이상 너는 아니다
자빠지고 뭉개진 싹 솎아내고
제 몸에 맞는 빛깔 골라
어둠에 내린 뿌리로 세상 더듬어
비좁은 틈새 헤집고 나온
기침이다
맨 처음 설레임이다

미치지 않고는
사랑할 수 없는

김을 풀칠하다

현관문을 열면
바다가 들어온다
상큼한 해초내음 가슴에 들이민 채
풀칠한 김들
두 장씩 엉켜 상처를 보듬다
풀이 한 순간 마를 때마다
그들은 바다 이야기를 한다
다시 한눈을 팔 때
붙은 어깨를 떼고
톡. 톡 힘줄 당기는 소리를 낸다
살아서 살아서
아픈 발돋움만큼
그들이 두고 온 고향하늘은 시리도록 푸를까
자정이 넘은 시각
그들은 중풍환자다

162

방음벽과 담쟁이

도로가 뒷걸음질 친다
시야로 달려드는 도로를 한 움큼씩 받아
왔던 길에 내려놓는다
뒤로 가는 세상에 방음벽이 걸리고
벽마다 도로가 가득차다
인질로 잡힌 벽은 달라붙는 바람을 밀어내고
부족한 세포를 이식하는 중
남은 벽만 소음을 걸러낸다
발바닥에서부터 시작되는 암벽등반
손 발톱 다 닳도록 벽과 하나 되어
마른 색소판을 열어젖히며
발성연습도 없이 하루를 깨운다
종족 보존을 위한 끝없는 숨고르기, 철저한 보안 속
보이지 않는 세상의 끝을 향하여
<u>오르고 또 오르고</u>
이 한 몸 쉴 곳은 어디인가
우리는 어디로 가는 것일까
벽마다 들고 서 있는 풍경화 제 각각
내일이면 또 다른 사건들이 벽면을 가득 채우리라

신남이 제3시집

미치지 않고는 사랑할 수 없는

·

지은이 / 신남이
발행인 / 김재엽
발행처 / **한누리미디어**
표지그림 / 신남이
디자인 / 지선숙

·

121-840, 서울시 마포구 잔다리로 35(서교동) 서운빌딩 2층
전화 / (02)379-4514, 379-4519
Fax / (02)379-4516
E-mail/hannury2003@hanmail.net

·

신고번호 / 제300-2006-61호
등록일 / 1993. 11. 4

·

초판발행일 / 2015년 1월 10일

·

ⓒ 2015 신남이 Printed in KOREA

·

값 9,000원

·

※잘못된 책은 바꿔드립니다.

·

ISBN 978-89-7969-495-6   03810